のれん

河原修吾詩集

洪水企画

空に漂う陽はいつも
どーんとしてただ広い
青い骨壺の中にいるんだね

のれん　目次

となりの奥さん　8
日間賀島の朝　10
恋は　12
輪ゴムの世界　16
クリップ　18
牛蒡　22
豆腐　24
黄身　26
餅　28
のれん　32
ランチ　34

☆

自然法爾　38
こじか組のあなた　42
陽　―往相還相―　44

陽　46

★

蜥蜴　50
蜂　52
やつ　54
イカリソウの花　58
種　60
洪水　62
し　64
首をふる世界　66
落下　68
楽曲　―あとがきに代えて―　72

この本からわかること　村野保男　76

のれん

となりの奥さん

となりの奥さんが春を纏って
歩道の草を取っている
お尻の円周率くっきりと
微分して直線に
積分して面積を歩く
ぼくの足の音に
奥さんはふりかえった
きらきら光る粒の汗
両手にいっぱいの草
奥さんの軀が無防備に曝け出された
朝の陽が真っすぐに立った
まぶしさに包まれたぼくの視線が

まろやかな位相空間をただよい
奥さんをふわっと覆う
夜の露を溜めてこぼれて落ちる
奥さんの緑草をぼくは踏んでいた
あっという小さな声が漏れる
ふたりの間のマトリックスが乱れ
空の群青色が襲ってくる
ぼくは一目散に駆け抜けた

＊位相空間…多次元空間
＊マトリックス…多くの数字の行と列からなる表

日間賀島の朝

物相頭《もっそうあたま》の島が黒く浮かんで
夜の端から太陽の裾が
真一文字に顔を覗かせると
突堤に屹立する灯台が
赤く染まる
鳥影は待ちきれないのか
嘴から水平線に切り込み
ずぼっと潜り込んだ
海の命を呑み込む
短くて長い時の
聴こえるような静けさ
細かい泡がいくつもいくつも

浮かび上がっては消え
やがて影が海面を破って
荒々しく息を吐いた
なま温かい気が海を包む
何万年も続くこの
生の底からの突き上げに
海は朝がくるたびに
昂揚する
まだ醒め切らぬ波が
寄せる浜には
打ち上げられた蛸が
ぐったりとのびて

恋は

まあるいもの
おもてもうらもない
まえもうしろもない
はずなのに　ころがれば
しきりにうえになりたがる
したになりたがる

おそるおそるめくるとあらわれる
かぞえきれないほどのえんの
なかにみをとうずると
いくえものわにつつまれて
ほんのりとあたたかく

ぐりぬけると
またまあるいもの
うちょうてんになり
そこをまたくぐりぬけると

たまねぎが　かこをいちまい
いちまいはがされるようでもあり
ゆきだるまがころがって　きょうを
だんだんかさねてゆくようでもあり

なかへなかへとすすむと
ひろがるみらいがひとつずつ
ひとつずつむすばれて
かいだんがいちだんずつのびて
らせんをまき
ぐるぐるぐるぐると

にじゅうにらせんをまいて
こいは
がんじがらめにしばられてゆくよう

輪ゴムの世界

指で摘まんで
大きな丸い口に
人差し指をちょこんと入れると
生温かい風が絡みつき
見えないけれど
らせんを巻いたトンネルが
向こうにあって
吸い込まれそうだ
ちょっと捩ってみる
指に応じて象が変わり
少しずつ細くなる切れ長の唇
さらに捩ってゆくと

8の字になったふたつのおちょぼ口
さらにぐるぐる巻いてゆくと
アンドロギュノスの
男と女はもともと一体だったという
張力が　あたかも
人間のすべての欠如をふさぐように
巻きつく　上の口から下の口まで
埋められて得られた
ぎりぎりの結論と沈黙
永遠を孕んだ束の間の
輪ゴムの世界
手を離せば突沸したように
からだが宙を舞い
だらんと大きな口を開けて
ぶるぶるふるえる

クリップ

煩悩のソファに深く埋もれ
テレビにどっぷりと浸って
日常の人は
流れのない空気の中で
その細長い軀を撫でていた
円いところはゆっくりと
なめらかなところは滑るように
くっついているところはこじ開けて
狎れた手つきで奥深くまでまさぐると
もとの形が変わりそうなぐらい
二本の線は開いた
指が

ヘヤピンカーブに差し掛かった時
日常の人は横たわる裸形を
まじまじと見た　それから
くるっと回して躍らせようとした
その拍子に指がすべって
勢いよく跳ねたクリップは
宙を舞って淡い光を放ち
すっと消えた
日常の人はあわてて
絨毯をかき分け
眼鏡を外し顔を近づけて
ソファの隙間を覗いた
そして延ばせるだけ手を延ばした
………
だが触れるものはなにもない
手の向こうに見えたのは

火宅の居間を掃除する
わが観世音の二本の素足と
埃の付いたモップだけだ

牛蒡

細くってごつごつしていて
別にきれいでも
なんでもないんだけど
煮っころがしにすると
座を盛り上げて
うまく付きあってくれる
ぎごちないが
あんなにひょろ長い軀で
土の色と土の匂いの
皮を剝くと
おまえ案外と白いんだなぁ
裸のおまえの筋は縦に通って

しゃきっとおれに食われてくれた
ときに歯と歯の間に挟まって
だがそんなおまえを
おれの口は喜んでいる
地の下で狭く育ったおまえに
余計な甘みはないが
何度も何度も嚙むと
味が滲み出て
ついつい手が伸びる

おまえ
装って
口紅でも引いたら
ほんとはべっぴんなんだろ

豆腐

はじめて出会ったとき
おまえは
自分を冷たい四角い女だと
つぶやいた
でもやわらかい女だなぁって
どこか他の女と違うけど
おもしろい女だなぁって

いっしょに呑んだとき
おまえは
相手を疲れさせないように
相手の味を立てて、

そっと身を横に傾ける
そしてゆらせるように崩す
手も足も
何もかも白い女だなあって
触ってみたい女だなぁって

……………………
…抱きたいなぁって
わたしはおまえの冷えた裏まで
舐めてもいいような気になった

どうやらわたしは
おまえにあたってしまったようだ

黄身

きみきみ
きみはおいしいね
太陽のようなまるいきみの
とろっとした身の
とうめいなうすい膜を
ぷすっとつくと
きみはとろりとこぼれ
ためらいがちにながれて
箸にからみつき
やがてわたしの
いのちのみなかみの
きみを

うえからしたから
かきまぜると
すこしずつすこしずつ
器のかたちにそまって
あたためると
軀をひらき
目をつむる
ひとつひとつに
喜びがあふれ
悦びがさけんで
ころころころがる
きいろのひかりの
かげをつくらない世界
きみきみ
きみの顔のさだまる
なんとえんまんな

餅

なめらかな肌よ
身をうちにとじこめて
もちっとしてやわらかく
おせばそのえくぼに
すいこまれそうな
ひっぱればどこまでものびて
すけてみえる穴のあやしさ
きれぎれのひとつを
つまんでそっと口に入れると
こうばしい匂いがひろがり
歯にくっついてはなれない
それでもかまわず

めくって　はがして
噛んでゆくと
目をつむる
ながれにまかせて
舌にころころと
ころがってはしゃいで
座禅をくんだり
ねころんだり
ときに花になったり
蝶になったり
顎によこにうえにと
こねてこねられて
唾液のいとにからめとられ
うわ顎に身をおおわれてあなたは
いつしか
手をのばし

喉ちんこをぎゅっとにぎっている

のれん

てをのばし
かきわけて
あしをふみいれると
ぬるっとしたうちの
ゆげがはだにまとわりつき
うどんのにおいと
かつおぶしのかおりに

とびかうこえが
てんじょうやかもいや
えんばしらにはりつき
つるつるつるつるつると

ほそくふとく
しまるのどをとおるや
ながいものがながく
つらなってかさなる
むじょうのよろこびが
そらまでとどくひとときの

みちたりたからだから
ゆずのかおりが
するりとぬけるように
かきわけられたのれんは
ゆらゆらゆらゆら
ゆれてそよぐ

ランチ

フォークで軽く押さえ
尖った先に
手応えを感じつつ
ハーフロウストチキンの
腿の部位にナイフを入れ
一切れを刺して口に含んだ
やさしい味がした
すこし前まで歩くのに使っていた
しなやかな筋肉だ
ついで羽のあったところに
ナイフを入れて　切り離し
肩の辺り　背の部分と

ライオンがおいしいところを
喰いつくように食べた
パンを千切って食べた
ライオンならここでやめるだろうが
さらに胸や足の骨に
こびりついている肉に
切りこみを入れ
ハイエナのようにつついて食べ終わった
コーヒーを飲む
テーブルの平原は
何事もなかったかのようにおだやかだ
大きな皿の上に骨が散らばっている
もうそれぞれが繋がることはない

なぜか母の顔が浮かんだ

自然法爾《じねんほうに》

一歳の子がほほ笑んでいます
鏡に映った顔を見て
あなた　だあれ?と
鏡の世界をもの珍しそうにのぞいています
向こうの子もゆっくりのぞいています
いないいないばあー　と笑ってかくれると
心配になって　向こうの子も
横から裏をさがしています
どこにいるの?と

鏡の中は光があふれて広いのです
お互いの人差し指をくっつけあって

一歳の子は向こう側へ行こうとしたのですが
向こうの子とおでこをぶっつけ
怖い顔で睨みあっています

一歳の子がちゃめっ気を出して
あかんべーと顔を突き出すと
向こうの子も負けじと顔を突き出します
すると髪の毛がふわっと舞い上がり
捩れた毛と毛が抱きついて
二重にらせんを巻きました
うーうーと呼ぶ口と　くーくーと応える口は
おかえりと　ただいまの　呼吸をしています
一歳の子が　たとえばここから落っこちたら
向こうの子も飛び降りるでしょう

鏡の子がほほ笑んで手をふっています

わたしはいつもあなたの中にいるから
いいから　あなたはそのままに
わたしがすべてをはからってあげるからと
一歳の子がほほ笑んで手をふっています

こじか組のあなた

ガラスの向こうから
切手を貼ったり
小便に溺れる夢を見たり
跳び回るあなた

朝の陽には七色があると
目を輝かし
夕の陽は
空が燃えていると怯え

夏の日の
路傍の色のついた小石を選び

もののはずみで車に轢かれた
蟬の
墓標にするあなた

そして冬の美術館で
人の顔をした白鳥の
オブジェの前で足が止まり
そのまま固まって
オブジェになってしまった
あなた

陽　―往相還相―

手をふって
空へ向かうあなたに
手をふって応えた
ランドセルが
縦に横にゆれている
赤い色のはずが
水平線から離れるにつれて
だんだんと
白くまぶしくなる　その姿は
彼方へ吸い込まれてゆくよう

手をふって

此方に帰るあなたに
手をふって応える
帽子が
おぼろげにゆれている
記憶をなぞるように
地平線に近づくにつれて
だんだんと
赤く大きくなる　その姿は
此方にあいさつをしているよう

陽

気配に目が覚めた
寝たまま声をかけても
なにも返ってこない

夜にそっと忍び込んだのは
確かなようだ
手で探り足で探ると
かすかに温もるものがある

部屋越しに呼んでも
起き上がって
廊下の角を曲がってもいない

庭に黒く映る木の
葉がざわつく
どうやらそこにいるようだ

手水鉢の水の輪が
半円状に広がる
チューリップの赤い蕾が
追うように首を傾けて
すこしずつ開いてゆく

陽は
その先にいる

蜥蜴

父が石の上でうつらうつらと昼寝をしていた
手と足を畳んで
短い蛇と間違えそうだ
小石を投げてやった
迷惑そうに大きな瞼を開けた
自然に重なった目線を逸らし
手と足をそろりと伸ばした
そして器用に踏ん張って石から下りた
何か言いたい顔をして見上げていたが

そのうちふっと草陰に消えた
紫陽花の咲くちょっと前のことだ

蜂

なんというやつだろう
ブーンブーンと羽音を立てて
眼を大きく見開き
敢然と向かってくる
禁断の巣に触れたおれを刺すために
他にはなにも考えていないのだろう
橙に黒がまだらの軀の内に
もうひとりの自分がいるようだ
毒針を刺せ　そしておまえも死ぬのだと
おれにかわされても
むげに軀を払われてもかまわず
奥底にあるうず状の模様を永遠に残そうと

すべての退路を封じてしまう
低い唸り声だけが支配する
閉じられた世界　その空気は
乾いている　いや乾きすぎている
そいつは　そいつの背に輝く
同心円の光に押されて突進する
その眼に映っている風景は陰画《ネガ》なのだろう
ひっくり返った世界の中で
おれは白く輝く標的になっている

やつ

口を開けると
いきなり飛び込んでくるやつ
恐る恐る忍んでくるやつ
立ち止まったまま
様子を見ているやつ
いろんなやつがいるが
いったん入ると
どいつもこいつも潜り込んでは
あたり構わず触れ
なかには舐めまわすものもいて
大きな顔をしてはしゃぐ始末
わたしの腑を撫でたり

息をふきかけたり
そしてときには荒々しくまさぐり
わたしの骨をかき鳴らす
毛が逆立って抗う力も失せて
されるがままにじっとしているのだが
やつが激しく胸に
突っ込んでくるときには
頭の芯まで揺さぶられ
熱が出て汗が流れる
するとやつは細胞のように
つぎつぎと分裂を繰り返しながら
べっとりとわたしの軀にまとわりついて
わたしを燃やしはじめる
めらめらめらめらと
やつによってわたしは燃やされ
わたしはやつのために灯る

火になってしまう

イカリソウの花

雨上がりだった
庭の草を取っていたら
ふと腕がむず痒くなった
見るとやぶ蚊が止まっている
なんだか針金細工のようなやつだ
手が土で汚れていたので
振って離そうとしたが
逃げようとしない
しがみついて吸っている
ずうずうしく吸い続けている
しばらくしてやっと
刺していた吻を収め

こちらを見た（いや睨んだ）
思わず手が出た
蚊は潰れた
皮膚に張り付いたまま
真っ赤な血が飛び散って
まるで泥に塗れた
イカリソウの花のように

種

模様のついた鉢に
元肥を底に敷き
腐葉土を入れて
種を播いた
水をやった　朝な夕な
こころ待ちにしていたら
芽が出てきた　土を持ち上げて
少しずつ　すこしずつやわらかく
芽は開いて　可愛く
かわいらしく　そっと
手で撫でてやると
ゆれて　撓ってこらえる

水をやる　やさしく
大きくなれと
芽は伸びて
伸びてそのうち
形ができてきた
が何かおかしい
どこかおかしい
袋絵と似てない
葉が尖りすぎる
伸びすぎる　開きすぎる
……
これは何だ

ぷちっと引き抜いた

洪水

花にホースで水をやる
鉢の近くにあった蟻の穴にも
水をやった
あわてて逃げまどう蟻で
穴はパニックだ
溺れる蟻　流されてゆく蟻
草でもなんでも掴もうともがいている

し

しが
わさびのようにすりおろされて
くちにどかっとはいると
そのままよこになり
はなが**つ**ーんと
のどが**つ**ーんと
みみが**つ**ーんと
あたまが**つ**ーんと
あ**し**のさきまで**つ**ーんと
きつりつ**し**て

あんちじょの

ふゆをかがんであるくひとの
しろいといきが
これはちがう
これもちがうと
うかんではきえる
ひとつひとつの**し**に

いつもなら
しといううじは
しいじょうにはならないのだけれど
けさの
この**し**といううじをみていると
しのせんがのびては**し**りだし
すいへいせんとまじわって
くるっておどりだすのだ

首をふる世界

低くどん詰まった声がして
一ミリいやその十分の一が動いた
そうだ　それでいいのだ　これで
かかわりは一メートルぐらい動いた
このまま続けて門をくぐって行け
力を入れよ　気を入れよ
邪魔をするものがあったら
隙間に手を突っ込んで
息を吹きかけてこじ開けよ
頭に血が上って
血管が切れそうでも構わない
ちょっとだが

向こうに光の影が見えたような
だれかの声が聞こえたような
だが大きな頭がつっかえる
狭いのだ　ここを抜けるには
風があるようなないような
狭くて　それでいて
定まらない空間なのだ
えーい思い切って　緒を握り締めて
顎を下げて　頭から跳ぶのだ
ここがロドスだ　軀を空に
舞わせよ　そして
流れて行けばいい　あるがままで

頭の向こうからだれかが呼んでいる
扇風機が首をふっている

落下

1.

ボールはきれいな放物線を描いて
すぽっと入り
ゴールネットのきゅっとしまった腰を
ゆっくり滑って落ちた

ネットはゆらゆら揺れている
ボールはぽんぽん弾む
もう一度投げる
今度はネットの縁をなめるようにして
廻りながら落ちた

ネットは心地よさそうに揺れている

そして催促する
また投げる—また落ちる—投げる…

いつの間にか日が暮れている
ネットはだらりとして垂れ
ボールはただ惰性で落ちているだけだ

2.

砂被りの
ぽっかり開いた口から
思わず洩れた
あ　あ　あ　という声に
土俵際の力士は背を押され
やみ雲に寄ってくる相手を
腹の上に高々と持ち上げた
肉の山と肉の山は

顔を見合わせた　上と下になって
それからゆっくりと落ちていった
極楽へ　そして地獄へと
相撲の甚句に唄われながら

楽曲　―あとがきに代えて―

タクトが振られた
ゆっくりと地平線を引いて
天と地を分けた
天に音が立ち上がる
地に語頭が流れ出る
初め遅くやがて速く
タクトに絡みついて
語の精霊が顔を上げる
叫ぶ顔　目で訴える顔
耳を塞ぐ顔
タクトは一つ一つを拾う
膝を曲げて掬い上げる

腕をいっぱいに伸ばし
目いっぱいに軀いっぱいに
抱き締める
そして開くそっと
動詞が迸る
形容詞が天に渡る
歌が後に続く
直喩が隠喩が
山を越え荒野を行く
穹窿に夕陽の音を響かせて
風に創造の旗を靡かせて
ときに足が縺れ汗が散る
軀をくねらせ尾をくねらせて
ぶつかりながら
傷つきながら押し合いながら
黎明を背負って

泳ぐように競うように
世界が沈み世界が生まれる
ぼくはぼくの心音より
一オクターブ高い神話に向かって
突き進む

この本からわかること

村野保男

河原さんは天然のオプティミストである。「のれん」を読めばそれがわかる。また普段着のユーモリストであって「となりの奥さん」や「クリップ」などを読めばそれもわかる。「ランチ」や「蜥蜴」では氏が小声のレアリストであることがわかるし、「洪水」はタフなユマニストが日常のごく身近にいることを何気なく教えてくれる。

これらの作品には文法形式上の一つの特徴がある。それは動詞が事態の相によって決定づけられ用いられていることである。優れた詩文の流れには過去も現在も未来もない。あるのは結果にしろ継続にしろ完了にしろそれぞれ「～ている」相である。それが最もわかりやすいのが「陽」である。

この本を読み終ってみれば「陽」が陽であると同時に、氏の記憶から時間の概念を崩壊させた一つの人称であることに気づく。氏は今もその人称としての陽に痛切に繋がっているのだが、この作品が稚拙な感傷に堕していないのは、それぞれの動詞の相が冷静に主観を統御しているからである。

氏との長い付き合いからわかることがもう一つあるのでここに添えたい。

それは詩がおそらく直感の仕事ではなく肉体労働に等しい作業の結果なのだということで、この本の秀作が氏の厖大な誤解と誤謬と逡巡と懐疑にまみれた推敲の荒海から届いた苦心の漂着物だということである。

河原修吾《かわはらしゅうご》
一九四六年　愛知県生まれ
所属　日本詩人クラブ、中日詩人会
詩誌　「こおさてん」同人
詩集　「ゴォーという響き」「箱」「小石のつぶやき」
　　　「ふとんととうふ」
現住所　〒四四七―〇八〇八
　　　愛知県碧南市鷲塚町五―八〇

詩集

のれん

著　者　河原修吾

発行日　2017年12月27日
発行者　池田　康
発　行　洪水企画
〒254-0914 神奈川県平塚市高村 203-12-402
TEL&FAX 0463-79-8158
http://www.kozui.net/
装　幀　巖谷純介
カバー絵　河原優衣・河原駿斗
印　刷　シナノ印刷株式会社

ISBN978-4-909385-02-4

Printed in Japan